地球《ちきゅう》は家族《かぞく》 ひとつだよ

冨岡みち 詩集
加藤真夢 絵

I　地球《ちきゅう》は家族《かぞく》

Ⅱ　ことば遊《あそ》び

Ⅲ 輪《わ》

I
地球は家族
ちきゅう かぞく

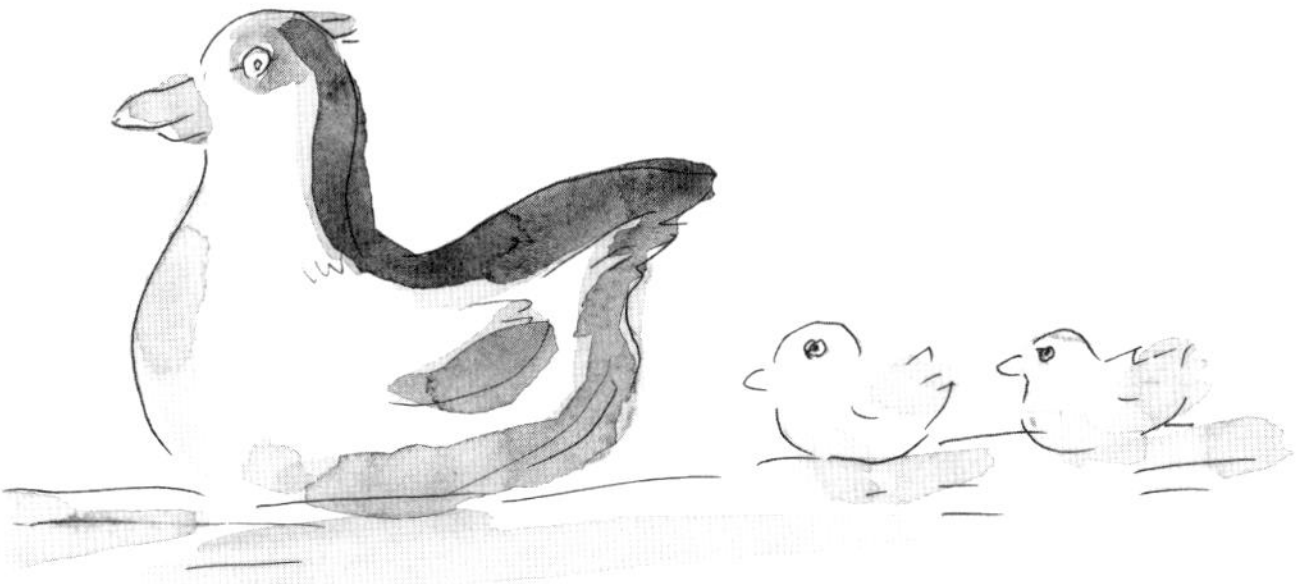

地球《ちきゅう》は家族《かぞく》　ひとつだよ

みさきに立《た》つと　思《おも》うんだ
海《うみ》があんまり広《ひろ》いから
ぼくの心《こころ》も広くなる
イルカも　鳥《とり》も　ライオンも
海から生《う》まれた　兄弟《きょうだい》だ
だから
地球は家族　ひとつだよ

潮風《しおかぜ》すいこみ　考《かんが》える
波《なみ》がピカピカ　光《ひか》るから
ぼくの心に　陽《ひ》がのぼる
インドや　ロシア　日本《にっぽん》も
海が地球をつないでる
だから
地球は家族　ひとつだよ

かりんとう

かりんとう
パキ　ポキ　おいしいね
まがって　くねって
へそまがり

かりんとう
でこ　ぼこ　くろざとう
ひっつきむしだね
はなれない

かりんとう
パキ　ポキ　とまらない
ごはんをたべずに
しかられた

ジャンケンのうた

グー　チョキ　はっぱ
やつでに　もみじ
あくしゅの　手《て》だよ
きょうからともだち　よろしくね

チョキ　パー　げんこ
たけのこ　きのこ
げんきな　こども
びょうきになんか　まけないぞ

パー　グー　はさみ
はさみで　きろう
さんかく　しかく
まるくきったら　ママのかお

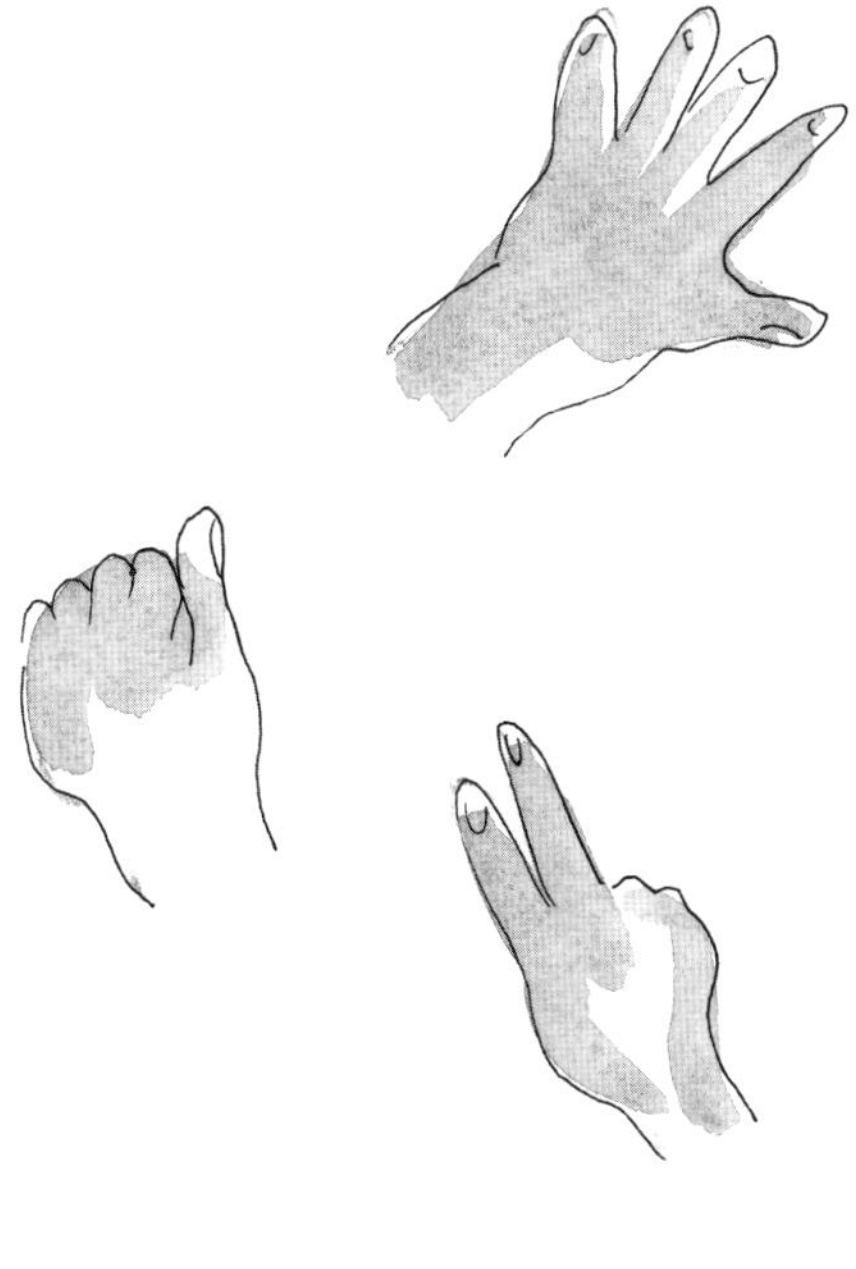

ゴメンナサイ

けんかしちゃった
プンプン　フン
いじわるなのは
そっちだよ
ぼくは　ちっとも
わるくない

ほんとはぼくが
わるいんだ

わがままなのは
じぶんだと
かっこ　わるくて
いえないよ

ゆうきがいるよ
どうしよう
はずかしいけど
いおうかな
やっぱり　いえない
ゴメンナサイ

こがらしふいた

こがらし　ひゅるるん
ふきました
わたしとおとうと
くびすくめ
せなかとせなかを
くっつけた

おちばが　くるるん
まいました

わたしとおとうと
うれしくて
ふたりでくるくる
まわったよ

しいのみ　ぽろぽん
おちました
わたしとおとうと
よろこんで
ぽけっと　いっぱい
ひろったよ

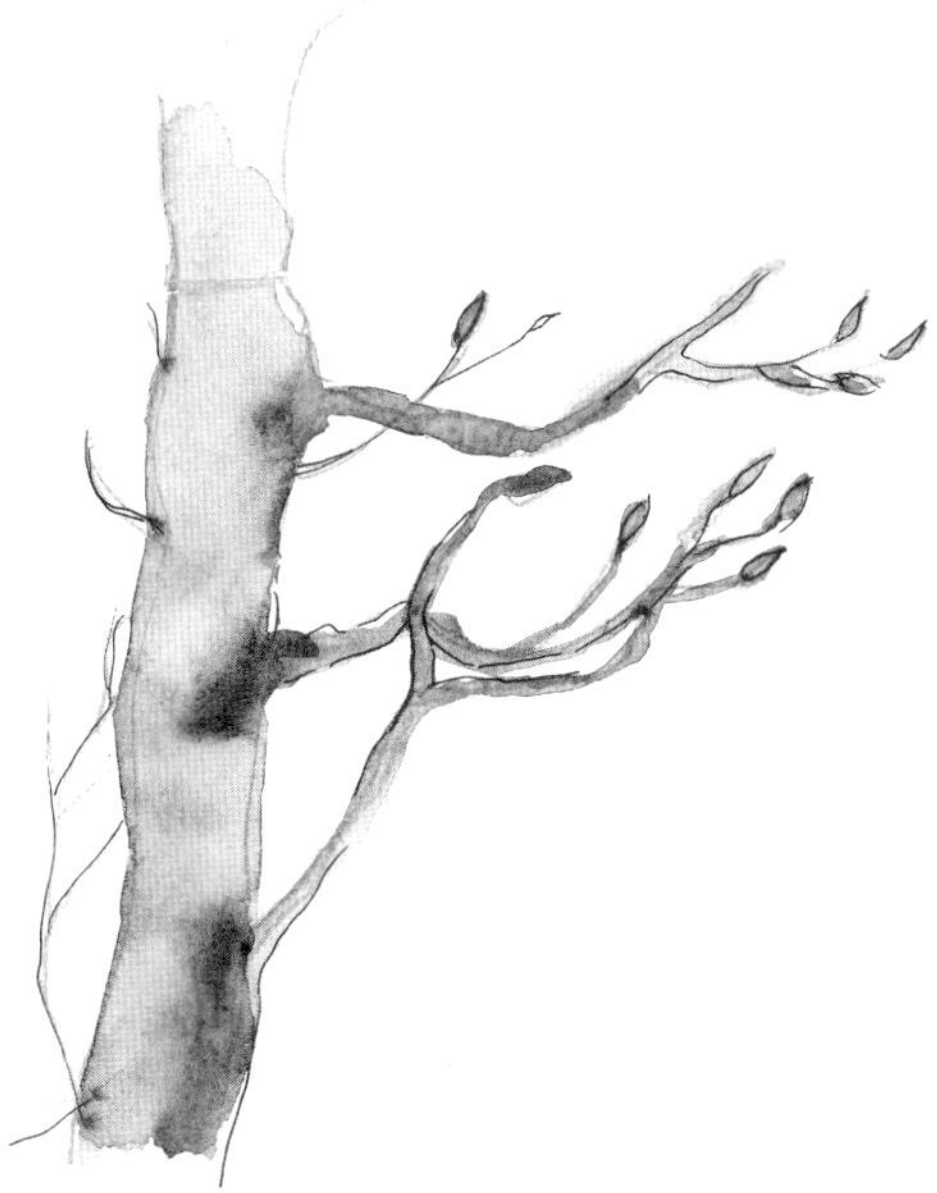

かくし味《あじ》

母《かあ》さんの　フワフワたまごのオムライス
ピーマン　ニンジン　タマネギと
やさいが　いっぱい
どうして　こんなに　おいしいのって
きいたらね
かくし味は　アイジョウよって
母さんが　こっそり　教《おし》えてくれたんだ

母さんの　とくべつせいのハンバーグ
やさいと　キノコのつけあわせ
やまもり　いっぱい
どうして　こんなに　おいしいのって
きいたらね
かくし味は　アイジョウだって
父《とう》さんが　にっこりしながら　いったんだ

えがお大《だい》すき

わたしと目《め》があえば
笑《わら》ってくれる　母《かあ》さんのえがお
えくぼのえがお
元気《げんき》がでるよ
笑ってる母さん　だぁいすきっ

わたしが泣《な》いてても
笑いとばす　父《とう》さんのえがお
わたしに　にてる

勇気《ゆうき》がわくよ
笑ってる父さん　だぁいすきっ

わたしが怒《おこ》っても
笑ってくれる　じいちゃんのえがお
しわくちゃえがお
うれしくなるよ
笑ってるじいちゃん　だぁいすきっ

やっぱりへんやわ

おばあちゃんな
たこのあしがほしいねん　て
八本《はちほん》あったら　こけへんやろ　て
きもちは　わかるけど
やっぱり　へんやわ

おばあちゃんな
おさるのしっぽほしいねん　て
手《て》ぇのかわりになれるやろ　て

きもちは　わかるけど
やっぱり　いややわ

おばあちゃんな
うさぎの目《め》ぇがほしいねん　て
あかい目ぇは　おしゃれやろ　て
きもちは　わかるけど
やっぱり　こわいわ

虫《むし》からチョウへ

いじわるされる子《こ》　よわ虫か
いじわるする子が　よわ虫だ
いも虫　け虫　だんご虫
ひとりじゃ　なんにも
できないさ

いじわるする子は　虫っけら
こっちがごめんだ　ぜっこうだ
きらわれ虫に　おじゃま虫

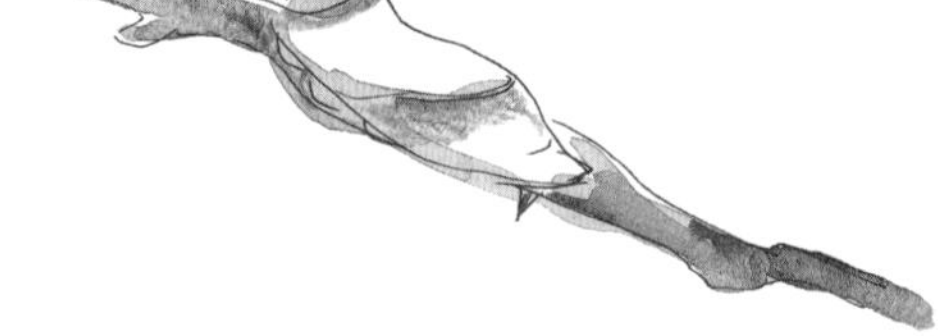

いばって　いるけど
ひきょうもの

いじわるされても　まけるなよ
おくびょう虫には　さよならだ
まけない子どもは　*おきく虫
あしたは　アゲハの
チョウになる

*おきく虫……アゲハ蝶《ちょう》のサナギの別名

蚊《か》

ブンブンブン　って
蚊がうたう
夜中《よなか》に一《いっ》ぴき　いるだけで
父《とう》さんだって　ぼくだって
かゆいよ　かゆい
こうさんだ
朝《あさ》までねれない　ねむれない

カッカッカッ　って
蚊がわらう
チクリのこうげき　はじめるぞ
ライオンだって　ゾウだって
かゆいぞ　かゆい
まいったか
つかまりゃそれまで　いのちがけ

ブリはブリッと

ブリはブリッと　ふとってる
青《あお》ときいろと　ぎんいろの
うろこ光《ひか》らせ　およいでる
小《こ》ざかなたくさん　ぱくぱくたべて
世界《せかい》の海《うみ》で　ブリブリブリッとふとってる

ブリはブリッと　いばってる
青ときいろと　ぎんいろの
うろこ光らせ　ならんでる

ツバス　ハマチと　なまえをかえて
魚《さかな》やさんで　ブリブリブリッといばってる

ブリはブリッと　おこってる
青ときいろと　ぎんいろの
うろこ光らせ　やかれてる
さとうとしょうゆ　ぺたぺたぬられ
グリルの中《なか》で　ブリブリブリッとおこってる

カワウソ

おちゃめな顔《かお》の　カワウソは
どうして　そんな名前《なまえ》なの
だれにだって　うそはつかない
ほんとだよ
カワウソ　うそつかない

川《かわ》にすんでる　大《だい》かぞく
どうして　けんかしないんだ
さかなだって　チームワークで

とるんだもん
カワウソ　うそつかない

つやつや毛皮《けがわ》　細身《ほそみ》でも
どうして　そんなに強《つよ》いんだ
ワニにだって　力《ちから》あわせて
おっぱらう
カワウソ　うそつかない

アシカさん

のったり　のったり岩《いわ》の上《うえ》
日《ひ》なたぼっこの　アシカさん
うつら　うつらと　夢《ゆめ》みてる
おいしい魚《さかな》の　夢みてる

びよーん　びゅんと水《みず》の中《なか》
魚おいかけ　アシカさん
びよん　びゅんとおよいでる
ジェット機《き》みたいに　およいでる

ぺったり　ぺったり岩の上
おなかまんぷく　アシカさん
うつら　うつらと　ねようかな
おいしい夢みて　またねよう

はてな？

うさぎの　しっぽは
なぜなぜ　まるい
まあるい　キャベツを
たべたから
　はてな？

うさぎの　おみみは
なぜなぜ　ながい
ながーい　おはなし

きいたから
　はてな？

うさぎの　めだまは
なぜなぜ　あかい
ママに　しかられ
ないたから
　はてな？

あまとうがらし

にがくはないよ　あまいのよ
ばあちゃんいうけど　こわいんだ
ちょっぴり　なめて
ちょっぴり　かんだ
ほんとだ　ほんと　あまとうがらし
おいしいねっ

にがくないだろ　よかったね
じいちゃんいうけど　ほんとかな

ちょっぴり　なめて
がぶりと　かんだ
からいよ　からい　たまにあるんだ
おおあたりっ

ハナミズキ

ハナミズキは　ひらくまえ
花《はな》びらどうしで　ゆびきりしてる
なかよく　さこうと
ゆびきりしてる
わたしも　母《かあ》さんと　ゆびきりしたよ

ハナミズキは　ひらいたら
りょう手《て》をひろげて　空《そら》みあげてる
おひさま　ひかりを

ありがとうって
わたしも　母さんと　空みあげたよ

ハナミズキは　ゆれながら
風《かぜ》とたのしく　うたっているよ
うれしい　春《はる》だと
うたっているよ
わたしも　母さんと　うたってかえろ

Ⅱ　ことば遊《あそ》び

花《はな》のアイウエオ

あさがお　うきうき　アイウエオ
おはようあいさついいえがお
からたち　かさこそ　カキクケコ
きいろいこのみはたべちゃだめ
さくら　さらさら　サシスセソ
そよかぜふいて花ふぶき
たんぽぽ　たぱたぱ　タチツテト
とおくにとんでけわたげのこ
なでしこ　なよなよ　ナニヌネノ

　　　　　なかまのななくさなかよしね
はまゆう　はくしょん　ハヒフヘホ
　　　　　ひぐれになってもほの白《じろ》く
まんりょうせんりょう　マミムメモ
　　　　　もうすぐでばんだおしょうがつ
やまゆり　ゆらゆら　ヤイユエヨ
　　　　　よいのみょうじょうやまのうえ
らんは　しゅんらん　ラリルレロ
　　　　　すずらんはらんはゆり科《か》だよ
わたすげ　わさわさ　ワイウエオ
　　　　　おおぜいいっしょにおおわらい

あいうえ　おはなし

あいうえ　おんどり
かきくけ　こけこっこ
さしすせ　そらでは
たちつて　とんび
なにぬね　のうさぎ
はひふへ　ほしみてる

まみむめ　もぐらと
やいゆえ　よだかは

らりるれ　ろうがんきょう
わいうえ　おしまい

バッタ

バッタ　ばたばた
はね　ひろげ
ばった　ばったと
とんでいく

バッタ　ばたばた
おりたとこ
バッタ　ばったり
はちあわせ

バッタ　ばたばた
たいあたり
バッタ　ばったり
きぜつした

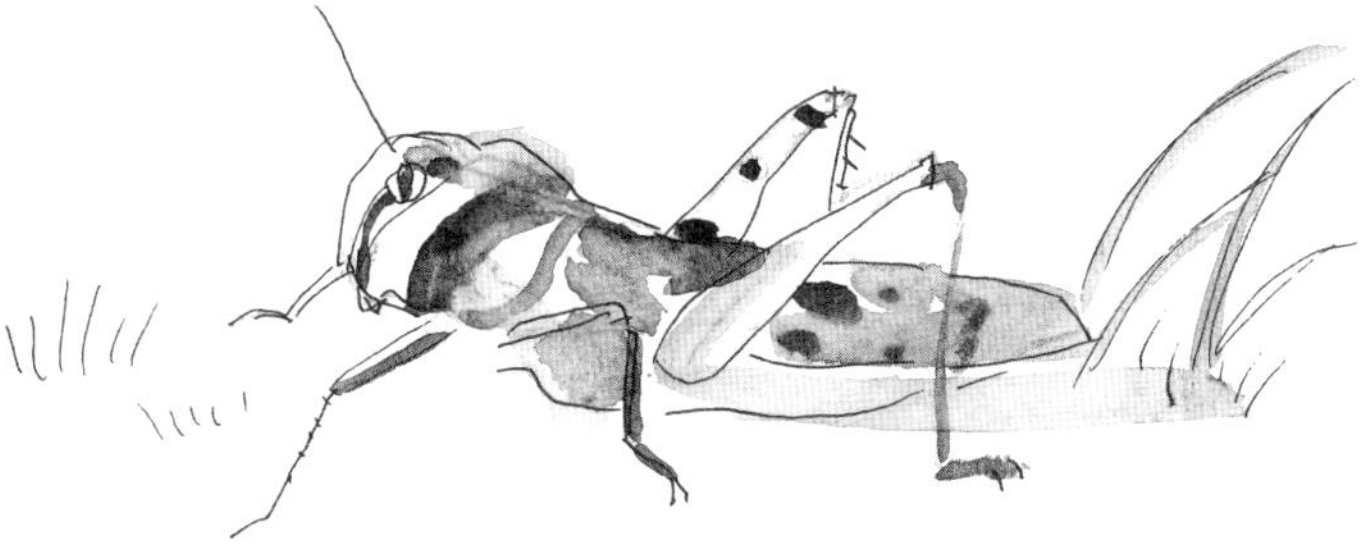

エコ数《かぞ》え唄《うた》

一《いち》　今《いま》　一番《ばん》だいじなことは

二《に》　二酸化炭素《さんかたんそ》をへらすこと

三《さん》　酸素《さんそ》をはきだす緑《みどり》を植《う》えて

四《し》　しんぼう強《づよ》くマイ箸運動《はしうんどう》

五《ご》　合成洗剤《ごうせいせんざい》なるべくひかえ

六《ろく》　路面《ろめん》にまこう風呂《ふろ》の水《みず》

七《しち》　しち面倒《めんどう》でも電源《でんげん》抜《ぬ》いて

八《はち》　廃棄《はいき》は止《や》めてリサイクル

九《く》　クーラー温度《おんど》は28度

十《じゅう》　住民《じゅうみん》パワーできれいな河川《かせん》

たいは　いいたい

お正月《しょうがつ》に　めでたいめでたいって
ぼくをたべる　けったいなニンゲン
ぼくは　ありがたいことはない
きんきゅうじたいや
あたまいたい
いったいぜんたい　どないしょ
あんぜんちたい　ないやろか

ぼくは　もっと
広《ひろ》い世界《せかい》を　みてみたい
七《なな》つの海《うみ》を　およぎたい
熱帯《ねったい》のウミガメに　あいたい
寒帯《かんたい》のクジラのうたも　ききたい
マンボウと友《とも》だちに　なりたい
たのしいこと　したい
しにたいこと　ないねん

Ⅲ

輪《わ》

滝《たき》

なぜだろう
滝を見《み》たくなった

滝はさけんでいた
誰《だれ》もいない山《やま》の中《なか》で
音《おと》をたてて滝つぼにおちる
白《しろ》い飛《ひ》まつは
早春《そうしゅん》の陽《ひ》の光《ひかり》を浴《あ》びて輝《かがや》いていた

たった一滴《いってき》のしずくが
せせらぎとなり
集《あつ》まって
とつぜん落下《らっか》する
その水《みず》の気迫《きはく》

ぼくも　さけんだ
滝に向《む》かって
一度《いちど》　二度《にど》　三度《さんど》
胸《むね》のつかえが軽《かる》くなった

もうすぐ春《はる》

山《やま》に　林《はやし》に
雪《ゆき》ばな　散《ち》りばな
ちら　ちら　ちらら
冬《ふゆ》の　まんなか
はな　いっぱい
ばっちゃが　やきます
きりたんぽ

森《もり》に　小川《おがわ》に
雪どけ水《みず》が
ちろ　ちろ　ちろろ
冬が　とけて
ながれて　いくよ
いわなが　きらり
春　ひかる

まりも

あわ雪《ゆき》が舞《ま》いおりる
しずかな　しずかな湖《みずうみ》
まりもは時《とき》を抱《いだ》いて
すこしずつ　すこしずつ育《そだ》つ

霧《きり》と氷雨《ひさめ》に　つつまれた
つめたい　つめたい湖
まりもは月《つき》の光《ひかり》を　たべて
遠《とお》く　宇宙《そら》にあこがれる

朝顔《あさがお》

朝顔は
きのうの花《はな》ではない
たった一日《いちにち》だけど
生《う》まれてきた喜《よろこ》びを
宇宙《そら》にむかって
歌《うた》う

夜明《よあ》けの光《ひかり》を待《ま》って
きっぱり
新《あたら》しい気持《きもち》で

ミズハナショウブ

大潮《おおしお》の日《ひ》の干潟《ひがた》
ミズハナショウブの　雄花《おばな》は
水《みず》の中《なか》で　空気《くうき》のカプセルにつつまれ
海《うみ》の上《うえ》に出《で》る
四枚《よんまい》の花《はな》びらを　そらせ
立《た》ちあがると
小《ちい》さなヨットになって　波《なみ》のない水面《みなも》を
ゆっくりと進《すす》む

海の中で　閉《と》じられていた雌花《めばな》も
まるでヴィーナスのように
うかび出て開《ひら》く

開いた雌花をめざし
白《しろ》い小さな　小さなヨットは
すいこまれてゆく

ああ　なんて不思議《ふしぎ》
地球《ちきゅう》のいのち

モズとカッコウ

カッコウの母《かあ》さん
モズの巣《す》に
こっそりたまごを　うみました
モズはいそいそ　あたためる

カッコウの赤《あか》ちゃん
モズの巣で
大《おお》きな声《こえ》だし　えさねだり
モズはとっても　いそがしい

郵便はがき

恐れいりますが
切手をお貼りください

248-0017

神奈川県鎌倉市佐助 1-18-21 万葉野の花

㈱ 銀の鈴社

ジュニアポエムシリ ズNo.247

『地球は家族ひとつだよ』

担当 行

下記個人情報につきましては、お客様のご意見・ご要望への回答ならびに銀の鈴社書籍・サービス向上のために活用させていただきます。なお、頂きました情報につきましては、個人情報保護法に基づく弊社プライバシーポリシーを遵守のうえ、厳重にお取り扱い致します。

ふりがな	お誕生日
お名前 （男・女）	年　月　日
ご住所　（〒　　　）　TEL	
E-mail	

☆ **この本をどうしてお知りになりましたか？**（□に✓をしてください）

□ 書店で　□ ネットで　□ 新聞、雑誌で（掲載誌名：　　　）

□ 知人から　□ 著者から　□ その他（　　　）

★ Amazonでご購入のお客様へ　おねがい★

本書レビューをお願いいたします。

読み終わった今の新鮮な気持ちが多くの人たちに伝わりますように。

ご愛読いただきまして、ありがとうございます

今後の参考と出版の励みとさせていただきます。
（著者へも転送します）

◆ 本書へのご意見・ご感想をお聞かせください

◆ 著者：冨岡みちさんへのメッセージをお願いいたします

※お寄せいただいたご感想はお名前を伏せて本のカタログやホームページ上で使わせていただくことがございます。予めご了承ください。

ご希望に✓してください。資料をお送りいたします。▼

本のカタログ □野の花アートカタログ □個人出版 □ 詩・絵画作品の応募要項

ゲラを先読みした 読者の方々から
「本のたんじょうに たちあおう」
～ 感じたこと ～

・詩「少年兵だったぼく」
地球人として、離れている家族を強く思いたくなります。

・詩「尺取り虫、やっぱり変やわあ」
自分の歩幅で進みたい、と前向きになれます。
やっぱり変やわ、おばあちゃんのありえない気楽さに、変だけど受け止めて、
この光景を思うと、すっごく幸せになります。

・詩「ハナミズキ」
幼い子が頑張って生きようと思えますね、お母さんと。
安心感があって素敵です。

・詩「かりんとう」
その通りです。可愛らしくて、大好きです！

(P.N常田メロン40代・女性)

※上記は寄せられた感想の一部です※

ジュニアポエムシリズNo.247
冨岡みち詩集
『地球は家族ひとつだよ』
銀の鈴社刊

モズの父《とう》さん
母さんは
いっしょうけんめい　そだてる
ほんとに　ほんとに　おひとよし

尺《しゃく》とり虫《むし》

みどりのマッチ棒《ぼう》のような
尺とり虫
田舎《いなか》のおじいちゃんの庭《にわ》で
はじめて見《み》たとき
びっくりした

どっちが頭《あたま》でどっちが足《あし》か
一本《いっぽん》足だから　わからない
床運動《ゆかうんどう》の選手《せんしゅ》より

正確《せいかく》でみごとなアーチを作《つく》って
前進《ぜんしん》するんだもの

君《きみ》の歩幅《ほはば》は
君の身長《しんちょう》で決《き》まるんだね
ぼくもぼくの歩幅でしか
歩《ある》けないよ

ナマケモノ

木《き》の上《うえ》で　ぶらさがったり
いち日《にち》に　十八《じゅうはち》じかんもねむるからって
なまけているのではないのです

なにが正《ただ》しくて
なにが正しくないか

それから
じっとしてても
どうして　おなかがすくのか
まじめに
かんがえて　いるのです

ちりモン

ちりモン　ちりモン
ちりめんモンスター
大はやりやねん
ちりめんじゃこの中《なか》から
エビや　カニの赤《あか》ちゃん
タイや　タコや　イカの赤ちゃん
見《み》つけるねん
タツノオトシゴも　いてるねん
学校《がっこう》で　ちりモン探《さが》し

えらい　人気《にんき》や

ちりめんじゃこは
いわしの赤ちゃんや
もっと　大《おお》きなりたかったやろな
「ごめんな」

そやけど今《いま》は　ぼくの骨《ほね》になって
生《い》きてんねん

おまけ

朝《あさ》　近所《きんじょ》のおばさんに
小《ちい》さい声《こえ》で言《い》ってみた
「おはよう…　ございます」
「あら　おはよう」
ことばとえがおが　かえってきた

いつも口《くち》をへのじにまげた
おじいさんにあった
ゆうきをだして言ってみた

「おはようございます」
「おお　おはよう」
おじいさんの笑《わら》った顔《かお》　はじめて見《み》た

学校《がっこう》の前《まえ》で
きのうけんかした子《こ》に　思《おも》わず言った
「おはようっ」
「おはよう」
その子も　えがおで言ってくれた

「おはよう」には
えがおの　おまけがつくんだ

輪《わ》

体育《たいいく》の時間《じかん》
手《て》をつないで輪になった
あたたかい手　つめたい手
元気《げんき》な手　けがをしている手
おずおずしてる手　やさしい手
体温《たいおん》が伝《つた》わってくる

輪は人《ひと》の心《こころ》もつなぐ
輪には一番《いちばん》もビリもない

一人《ひとり》が手をはなせば
輪はくずれる
二人《ふたり》でも輪はできる
いくら増《ふ》えても輪になれる

はげましは万《まん》の力《ちから》

誰《だれ》かに励ましてほしい時《とき》
誰かを励ましてみよう
はげましは　万の力
誰かが元気《げんき》になったとき
自分《じぶん》も元気になれるから

ひとりぽっちで　さみしい時は
自分で自分を励ましてみよう
はげましは　万の力

自分のなかに宇宙《うちゅう》があると
信《しん》じることができるまで

誰かを励ますことができた時
すてきな自分になれるんだ
はげましは　万の力
誰かの笑顔《えがお》をみた時は
自分も笑顔になっている

わたしのゴミ収集車《しゅうしゅうしゃ》

土《ど》ようの夜《よる》は　ゴミ収集車がやってくる
わたしのへやの前《まえ》で
ピポポピンポン　ピポーポピンポンって
おばあちゃんが　うたう

わたしのベッドに　おばあちゃんと
ならんですわる
友《とも》だちとけんかしたこと
母《かあ》さん父《とう》さんにしかられたこと

先生《せんせい》に言《い》いたかったこと
父さんや母さんは　すぐお説教《せっきょう》だけど
おばあちゃんは　わたしの気《き》がすむまで
だまって笑顔《えがお》で　うなずいている
おばあちゃんは　わたしのゴミ収集車
心《こころ》の生《なま》ゴミ　もってってくれる

始《はじ》まりはいっしょに

リビングにみんな居《い》た
―おはよう
―そうじゃ　ないでしょ
母《かあ》さんの目《め》がわらってる
―あ・あけましておめでとうございます
父《とう》さんとお姉《ねえ》ちゃんも
とちゅうから声《こえ》を合《あ》わす

いつもはみんないそがしくて
家族《かぞく》がバラバラに食《た》べるのに
今日《きょう》はみんないっしょに　おぞうにを食べた
話《はなし》をしながら　ゆっくり食べた

お正月《しょうがつ》は一年《いちねん》の始まりだから
夜《よる》も家族そろって食べた
わらいながら食べた
うれしかった
お正月が　毎日《まいにち》だったらいいな

おばあちゃん　病気《びょうき》

母《かあ》さんに　いつもしかられてる私《わたし》
おばあちゃんだけ　私の味方《みかた》

おばあちゃん　病気になってん
おばあちゃん　何《なに》たべたい？
おばあちゃん　何してほしい？
おばあちゃん　どこ行《い》きたい？

おばあちゃんのへんじ
　どこへも　行きたないねん
　何《な》んにも　ほしないわ
　母さんの作《つく》ったもん　皆《みんな》おいしいわ
負《ま》けずぎらいで　気《き》の強《つよ》いおばあちゃん
どこへ行ってしまったん

ゲーム

「ゲームばっかりしてたら
人間《にんげん》やなくなるんやで」
おばあちゃんが言《い》う
「ぼく　人間やん」
「他人《ひと》の痛《いた》みがわからんもんは人間ちがう
ゲームで敵《てき》をやっつけても生《い》きかえるけど
人《ひと》も動物《どうぶつ》も　生きかえれへん
ゲームは心《こころ》をマヒさしてしまうねん」

おばあちゃんは
プロレスや　やくざやギャング映画《えいが》
よう見《み》いへん
一番《いちばん》きらいなんは戦争《せんそう》の映画や
おばあちゃんのお父《とう》さん
戦争で死《し》んだからや
「どんな死にかたしたんやろ」て
ごはん食《た》べながら
ポツリとゆうた

アフガンに生《う》まれて

地雷《じらい》で両手《りょうて》を失《うしな》ったムーシャ
　手術《しゅじゅつ》したら　ザリガニ星人《せいじん》になる
と　泣《な》いた
でも　ＮＧＯの病院《びょういん》で八回《はちかい》も手術して
ザリガニのような腕《うで》でも
えんぴつが　にぎれるようになった
マニは　片足《かたあし》を失《うしな》ったけれど
生《い》きていて　幸《しあわ》せ

という
命《いのち》が助《たす》かって　パンやスープを
食《た》べられることが　うれしい　と

右目《みぎめ》が見《み》えなくなった　ぼくも思《おも》う
青空《あおぞら》が　小《ちい》さな小さな花《はな》が
こんなに　すてきで美《うつく》しい　と

哀《かな》しい目《め》をした少女《しょうじょ》

生《うま》れてから　ずっと戦争《せんそう》だった
泣《な》かないで　お願《ねが》いだから　と
いつも　言《い》ってた姉《ねえ》さんも
お腹《なか》をすかせて　死《し》んだ
私《わたし》は兵士《へいし》　敵《てき》の首《くび》を切《き》ったよ
大《おお》きな刀《かたな》で　敵と戦《たたか》った　と
言っていた母《かあ》さんも　死んだ

二百万人《にひゃくまんにん》の人《ひと》が　二十一年《にじゅういちねん》もの戦争で死んだ
アフガニスタン
哀しい目をした少女は
今《いま》　ストリート・チルドレンの施設《しせつ》で
学校《がっこう》に行《い》ける日《ひ》を　夢《ゆめ》みている

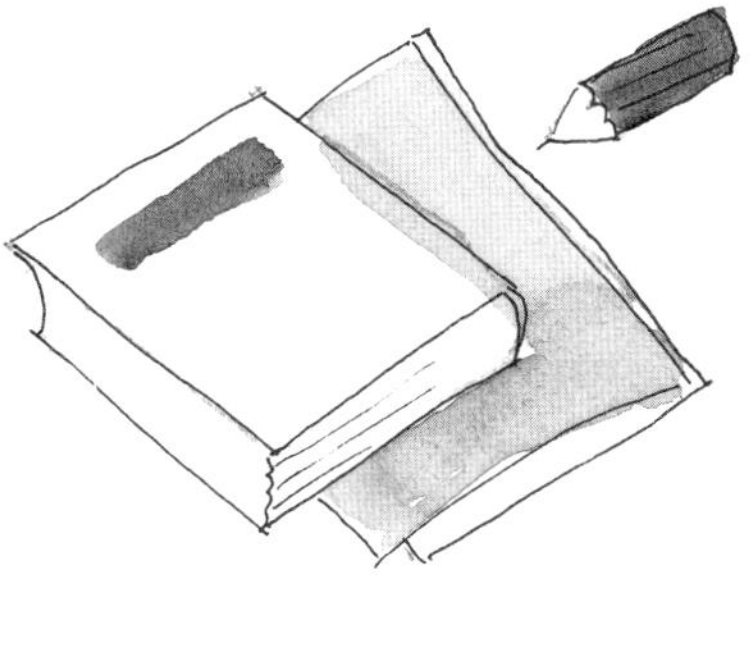

少年兵《しょうねんへい》だったぼく

ぼくはガデム　少年兵だった
内戦《ないせん》が十年《じゅうねん》もつづく国《くに》で
注射《ちゅうしゃ》をされ　銃《じゅう》をもたされ
うつろな目《め》をして
敵《てき》の最前線《さいぜんせん》に立《た》った

大人《おとな》より先《さき》に
まるで人形《にんぎょう》のように
バタバタと倒《たお》れても

たくさんの村《むら》から
子《こ》どもをゆうかいすれば
いくらでも　少年兵はできる

ぼくは九歳《きゅうさい》の時《とき》
兵士《へいし》にされた
そんな子どもは
一年《いちねん》で二万人《にまんにん》もいるんだ

注射でこわさを忘《わす》れ
ある村を襲《おそ》った時
知《し》っている人《ひと》に　助《たす》けられた

ぼくの命《いのち》
これから
悲《かな》しい子どもをなくすために
つかいたい

道《みち》

道は遠《とお》いほどいい
道はゴールが見《み》えないほどいい

汚泥《おでい》にまみれた道もある
花《はな》の咲《さ》いている道もある

道に迷《まよ》えば
出発点《しゅっぱつてん》を思《おも》い出《だ》そう

道が行《い》き止《どま》りになっても
前人《ぜんじん》未踏《みとう》の道を創《つく》ればいい

道は何本《なんぼん》もあるが
一人《ひとり》の道は一本《いっぽん》だけ

あとがき

「桃、栗三年、柿八年、ゆずの大ばか十八年」と言うそうですが、私は57才で詩を書き始め、72才で目が見えなくなりました。失明してから思いがけず三木露風賞を戴き、五冊めの詩集を出すことになりました。

目の見えた時に、たくさんの本を読んでおいて良かった、美しいものをいっぱい見ておいて本当に良かったと思っています。

目が見えなくなって思うのは、多くの人から頂いた「真心」です。幼い頃シャワーのようにふりそそいでもらった祖父母や叔母の愛情。詩を書き始めてからは、多くの詩人や作曲家の先生方の温かい励ましや、毎年コンサートを続けて下さった脚本家で演出家の田山翔一氏とスタッフ、アーティストの方達。そして、永年ラジオのスポンサーになって下さった進学塾FEIが大きな支えとなり私を育てて下さいました。

皆様に頂いた真心を、今度は悲しみの中にいる子ども達に尽くしたいと努力しています。

ノーベル賞の科学者は「99.9%の失敗の上に成功がある。」とおっしゃっています。なんとすばらしい言葉でしょう。

世界を舞台に活躍している人は、子どものころから、好きなことを見つけ、好きだからこそ必死でがんばれたのだと思います。

私は未来のたからである皆さんに、大好きなことを見つけてほしいと願っています。
この本を出版するにあたって、同人誌「ぎんなん」の先輩であり、童話作家の中島和子さんに、大変お世話になりました。心から感謝しております。ありがとうございました。

二〇一五年二月二七日

冨岡みち

〈受賞〉

・2006年第一回米原市芸術祭作詞作曲部門
☆「教育長賞」『カワウソ』高月啓充作曲

・2013年多摩あなたも童謡詩人で、「童謡詩人賞」
☆『地球は家族 ひとつだよ』たまみゆき作曲

・2014年三木露風コンクール「最優秀賞」
☆『かりんとう』湯山昭作曲

〈童謡祭の作曲者〉

・ゴメンナサイ	清水椒治	2004年
・こがらしふいた	中郡利彦	2005年
・えがおが大すき	栗原正義	2006年
・ハナミズキ	大西進	2006年
・ジャンケンのうた	深堀道義	2007年
・ブリはブリッと	小林登	2010年
・はてな?	たけうちこう	2011年

冨岡みち（とみおか みち）

1940年 大阪に生まれる。大阪TTB（テレビタレントビューロー）三期生。
フリーアナウンサーを経て、1988年より交野市立知的障害者通所施設指導員。
1997年より島田陽子氏に師事。
2003年 東京都児童作曲コンクール課題詩。
2003年より毎年、岐阜県小中学校作曲コンクール課題詩となる。
2001年 詩集『ないしょやで』（銀の鈴社）
2003年『かぞえられへんせんぞさん』（ジュニアポエムNo.163 銀の鈴社）
2006年『こころちゃん』（けやき書房）
2009年『南の島のぽかんぽかん』（てらいんく）

加藤真夢（かとう まゆめ）

1951年　岩手県雫石に生まれる。祖父母の洋画家深沢省三・紅子の孫として育つ。
1981年　自由学園卒業後、武蔵野美術学園に油絵を学ぶ。
1989年　イタリア、ミラノでイタリア料理を学び、絵も描きつづける。
1990年　イタリア料理教室を開催。現在に至る。
2000年　鎌倉、軽井沢、青山にて個展。

『空になりたい』（石原一輝詩集・ジュニアポエムNo.101 銀の鈴社）

NDC911
神奈川　銀の鈴社　2021
96頁　21cm（地球《ちきゅう》は家族《かぞく》 ひとつだよ）

ジュニアポエムシリーズ　247
2015年２月27日初版発行
2021年２月２日３刷発行
本体1,600円＋税

地球《ちきゅう》は家族《かぞく》 ひとつだよ

著　　者　　冨岡みち©　絵・加藤真夢©
発 行 者　　西野大介
編集発行　　㈱銀の鈴社 TEL 0467-61-1930　FAX 0467-61-1931
〒248-0017 神奈川県鎌倉市佐助1-18-21 万葉野の花庵
https://www.ginsuzu.com
E-mail info@ginsuzu.com

ISBN978－4－87786－247－3 C8092
落丁・乱丁本はお取り替え致します
印刷　電算印刷
製本　渋谷文泉閣

…ジュニアポエムシリーズ…

1	鈴木敏史詩集　宮下琢郎・絵	星の美しい村	★☆
2	小池知子詩集　高志孝子・絵	おにわいっぱいぼくのなまえ	★☆
3	鶴岡千代子詩集　武田淑子・絵	白い虹	児文芸新人賞
4	楠木しげお詩集　久保雅勇・絵	カワウソの帽子	
5	津坂治男詩集　垣内美穂・絵	大きくなったら	★◇
6	後藤れい子詩集　山本まつ子・絵	あくたれぼうずのかぞえうた	
7	北村蔦子詩集　柿本幸造・絵	あかちんらくがき	
8	吉田瑞穂詩集　吉田翠・絵	しおまねきと少年	★◇⃞◎
9	新川和江詩集　葉祥明・絵	野のまつり	★☆
10	阪田寛夫詩集　織茂恭子・絵	夕方のにおい	★◆⃞○☆
11	高田敏子詩集　若山憲・絵	枯れ葉と星	★☆
12	原田直友詩集　吉田翠・絵	スイッチョの歌	★◎
13	小林純一詩集　久保雅勇・絵	茂作じいさん	★◉♪☆◎
14	谷川俊太郎詩集　長新太・絵	地球へのピクニック	★◎◇
15	与田準一詩集　深沢省三・深沢紅子・絵	ゆめみることば	★
16	岸田衿子詩集　中谷千代子・絵	だれもいそがない村	
17	江間章子詩集　榊原直美・絵	水と風	◇◎
18	原田直友詩集　小野まり・絵	虹―村の風景―	★
19	福田正夫詩集　福田達夫・絵	星の輝く海	★☆
20	草野心平詩集　長野ヒデ子・絵	げんげと蛙	★☆○◇
21	宮田滋子詩集　青木まさる・絵	手紙のおうち	☆○
22	久保田昭三詩集　斎藤彬子・絵	のはらでさきたい	
23	鶴岡千代子詩集　加倉井和夫・武田淑子・絵	白いクジャク	★♪
24	尾上尚子詩集　まど・みちお・絵	そらいろのビー玉	★☆ 児文協新人賞
25	水上紅詩集　深沢紅子・絵	私のすばる	☆
26	野呂昶詩集　福島一二三・絵	おとのかだん	★
27	こやま峰子詩集　武田淑子・絵	さんかくじょうぎ	☆
28	青戸かいち詩集　駒宮録郎・絵	ぞうの子だって	
29	まきたかし詩集　福田達夫・絵	いつか君の花咲くとき	★☆♡
30	薩摩忠詩集　駒宮録郎・絵	まっかな秋	★☆♡
31	新川和江詩集　福島一二三・絵	ヤァ！ヤナギの木	★☆○♡
32	井上靖詩集　駒宮録郎・絵	シリア沙漠の少年	★☆♡
33	古村徹三詩・絵	笑いの神さま	
34	江上波夫詩集　青空風太郎・絵	ミスター人類	○☆
35	秋原秀夫詩集　鈴木義治・絵	風の記憶	★◎
36	水村三千夫詩集　武田淑子・絵	鳩を飛ばす	
37	久冨純江詩集　渡辺安芸夫・絵	風車　クッキングポエム	
38	日野生三詩集　吉野晃希男・絵	雲のスフィンクス	★
39	佐藤雅子詩集　佐藤太清・広瀬きよみ・絵	五月の風	★
40	小黒恵子詩集　武田淑子・絵	モンキーパズル	★
41	木村信子詩集　山本典子・絵	でていった	
42	中野栄子詩集　吉田翠・絵	風のうた	☆
43	宮田滋子詩集　牧村慶子・絵	絵をかく夕日	★
44	大久保テイ子詩集　渡辺安芸夫・絵	はたけの詩	★☆
45	秋原秀夫詩集　赤星亮衛・絵	ちいさなともだち	♥

☆日本図書館協会選定（2015年度で終了）　♪日本童謡賞　♧岡山県選定図書　◇岩手県選定図書
★全国学校図書館協議会選定（SLA）　♡日本子どもの本研究会選定　◆京都府選定図書
□少年詩賞　■茨城県すいせん図書　♥秋田県選定図書　◇⃞芸術選奨文部大臣賞
○厚生省中央児童福祉審議会すいせん図書　♣愛媛県教育会すいせん図書　◉赤い鳥文学賞　◆⃞赤い靴賞

…ジュニアポエムシリーズ…

46 日友靖子詩集 藤城清治・安西明美・絵 猫曜日だから ◆☆
47 秋葉てる代詩集 武田淑子・絵 ハープムーンの夜に ♡
48 こやま峰子詩集 山本省三・絵 はじめのいーっぽ ★♡
49 黒柳啓子詩集 金子滋・絵 砂かけ狐 ♡
50 三枝ますみ詩集 武田淑子・絵 ピカソの絵 ☆♡♪
51 夢虹二詩集 武田淑子・絵 とんぼの中にぼくがいる ♡○♥
52 はたちよしこ詩集 まど・みちお・絵 レモンの車輪 □♧
53 大岡信詩集 葉祥明・絵 朝の頌歌 ★☆♡♥◎
54 吉田瑞穂詩集 吉田翠・絵 オホーツク海の月 ★☆♡
55 さとう恭子詩集 村上保・絵 銀のしぶき ★☆♡
56 星乃ミミナ詩集 葉祥明・絵 星空の旅人 ★☆♡
57 葉祥明詩・絵 ありがとう そよ風 ★♡▲
58 青戸かいち詩集 初山滋・絵 双葉と風
59 小野ルミ詩集 和田誠・絵 ゆきふるるん ★☆♪♡
60 なぐもはるき詩・絵 たったひとりの読者 ★♡♧

61 小関秀夫詩集 小倉玲子・絵 風《かざ》 栞《しおり》 ★♡♥
62 海沼松世詩集 守下さおり・絵 かげろうのなか ☆♡
63 山本龍生詩集 小倉玲子・絵 春行き一番列車 ♡
64 小泉周二詩集 深沢省三・絵 こもりうた ★☆♡
65 かわてせいぞう詩集 若山憲・絵 野原のなかで ♡★♥
66 えぐちまき詩集 赤星亮衛・絵 ぞうのかばん ♡◆♥
67 池田あきつ詩集 小倉玲子・絵 天気雨 ♡
68 藤井則行詩集 君島美知子・絵 友へ ♡♤
69 藤哲生詩集 武田淑子・絵 秋いっぱい ★♠
70 日友靖子詩集 深沢紅子・絵 花天使を見ましたか ★
71 吉田瑞穂詩集 吉田翠・絵 はるおのかきの木 ★
72 小島禄琅詩集 中村陽子・絵 海を越えた蝶 ☆★♥♡
73 にしおまさこ詩集 杉田幸子・絵 あひるの子 ★
74 山下竹二詩集 徳田徳志芸・絵 レモンの木 ★
75 高崎乃理子詩集 奥山英俊・絵 おかあさんの庭 ★♡

76 檜きみこ詩集 広瀬弦・絵 しっぽいっぽん ★♪□☆♡
77 たかはしけいこ詩集 高田三郎・絵 おかあさんのにおい ♡♣□
78 星乃ミミナ詩集 深澤邦朗・絵 花かんむり ♥☆♡
79 佐藤照雄詩集 津波信久・絵 沖縄 風と少年 ☆♡★
80 相馬梅子詩集 やなせたかし・絵 真珠のように ♥★
81 小島禄琅詩集 深沢紅子・絵 地球がすきだ ★
82 鈴木美智子詩集 黒澤梧郎・絵 龍のとぶ村 ◇★♥
83 いがらしれいこ詩集 高田三郎・絵 小さなてのひら ☆
84 宮入黎子詩集 小倉玲子・絵 春のトランペット ☆★
85 下田喜久美詩集 方振寧・絵 ルビーの空気をすいました ☆
86 野呂昶詩集 方振寧・絵 銀の矢ふれふれ ★
87 ちよはらまちこ詩集 ちよはらまちこ・絵 パリパリサラダ ★
88 秋原秀夫詩集 徳田徳志芸・絵 地球のうた ☆★
89 中島あやこ詩集 井上緑・絵 もうひとつの部屋 ★
90 藤川こうのすけ詩集 葉祥明・絵 こころインデックス ☆

✼サトウハチロー賞
○三木露風賞
♤福井県すいせん図書
▲神奈川県児童福祉審議会推薦優良図書
♠奈良県教育研究会すいせん図書
♧北海道選定図書
◇静岡県すいせん図書
◎学校図書館図書整備協会選定図書（SLBA）
✢毎日童謡賞
✿三越左千夫少年詩賞

…ジュニアポエムシリーズ…

91 新井和詩集 高田三郎・絵 おばあちゃんの手紙 ☆★
92 はなわたえこ詩集 えばとかつこ・絵 みずたまりのへんじ ★♪
93 柏木恵美子詩集 武田淑子・絵 花のなかの先生 ☆
94 中原千津子詩集 寺内直美・絵 鳩への手紙 ★
95 高瀬美代子詩集 小倉玲子・絵 仲なおり ★
96 杉本深由起詩集 若山憲・絵 トマトのきぶん ☆★◎ 児文芸新人賞
97 宍倉さとし詩集 守下さおり・絵 海は青いとはかぎらない ✤
98 石井英行詩集 有賀忍・絵 おじいちゃんの友だち ■
99 なかのひろ詩集 アサト・シェラ・絵 とうさんのラブレター ☆★
100 小松静江詩集 藤川秀之・絵 古自転車のバットマン
101 石原一輝詩集 加藤真夢・絵 空になりたい ☆✤★
102 小泉周二詩集 西真里子・絵 誕生日の朝 ☆■★
103 くすのきしげのり童謡 わたなべあきお・絵 いちにのさんかんび ☆★
104 成本和子詩集 小倉玲子・絵 生まれておいで ☆★♡✤❖
105 伊藤政弘詩集 小倉玲子・絵 心のかたちをした化石 ★

106 川崎洋子詩集 井戸妙子・絵 ハンカチの木 □★☆
107 柘植愛子詩集 油野誠一・絵 はずかしがりやのコジュケイ ❖
108 新谷智恵子詩集 葉祥明・絵 風をください ☆⊕♪♡✣☼
109 金親尚子詩集 牧進・絵 あたたかな大地 ☆
110 黒柳啓子詩集 吉田翠・絵 父ちゃんの足音 ☆★♡□
111 富田栄子詩集 油野誠一・絵 にんじん笛 ♡☆
112 原国子詩集 高畠純・絵 ゆうべのうちに ☆△
113 宇部京子詩集 スズキコージ・絵 よいお天気の日に ○□☆◇★♪
114 武鹿悦子詩集 牧野鈴子・絵 お花見 ☆□
115 山本なおこ詩集 梅田俊作・絵 さりさりと雪の降る日 ☆★
116 小林比呂古詩集 おおた慶文・絵 ねこのみち ☆
117 後藤れい子詩集 渡辺あきお・絵 どろんこアイスクリーム ☆
118 重清良吉詩集 高田三郎・絵 草の上 ☆□◆★✿
119 宮中雲子詩集 西真里子・絵 どんな音がするでしょか ✲★
120 前山敬子詩集 若山憲・絵 のんびりくらげ ☆★

121 川端律子詩集 若山憲・絵 地球の星の上で ♡
122 たかはしけいこ詩集 織茂恭子・絵 とうちゃん ♡✿★♣
123 宮田滋子詩集 深澤邦朗・絵 星の家族 ☆♪
124 国沢たまき詩集 唐沢静・絵 新しい空がある
125 池田あきつ詩集 小倉玲子・絵 かえるの国 ★
126 黒田恵子詩集 倉島千賀子・絵 ボクのすきなおばあちゃん ☆★♡
127 垣内磯子詩集 宮崎照代・絵 よなかのしまうまバス ☆♡★
128 小泉周二詩集 佐藤平八・絵 太陽へ ✿★☆♡♪
129 中島和子詩集 秋里信子・絵 青い地球としゃぼんだま ☆★
130 のろさかん詩集 福島一二三・絵 天のたて琴 ☆
131 加藤丈夫詩集 葉祥明・絵 ただ今受信中 ☆★
132 北原悠子詩集 深沢紅子・絵 あなたがいるから ♡
133 池田もと子詩集 小倉玲子・絵 おんぷになって ♡
134 鈴木初江詩集 吉田翠・絵 はねだしの百合 ★
135 垣内磯子詩集 今井俊・絵 かなしいときには ★

△長野県教育委員会すいせん図書　☆㈶日本動物愛護協会推薦図書
◆茨城県推奨図書　●児童ペン賞

…ジュニアポエムシリーズ…

136 秋葉てる代詩集 やなせたかし・絵 おかしのすきな魔法使い ♪★

137 青戸かいち詩集 永田萠・絵 小さなさようなら ❀★

138 柏木恵美子詩集 高田三郎・絵 雨のシロホン ♡★

139 藤井則行詩集 阿見みどり・絵 春だから ♡★◎

140 黒田勲子詩集 山中冬児・絵 いのちのみちを

141 南郷芳明詩集 的場豊子・絵 花時計

142 やなせたかし詩・絵 生きているってふしぎだな

143 内田麟太郎詩集 斎藤隆夫・絵 うみがわらっている

144 しまざきふみ詩集 島崎奈緒・絵 こねこのゆめ ♡

145 糸永えつこ詩集 武井武雄・絵 ふしぎの部屋から ♡

146 石坂きみこ詩集 鈴木英二・絵 風の中へ ♡

147 坂本のこ詩集 坂本こう・絵 ぼくの居場所 ♡

148 島村木綿子詩・絵 森のたまご ❀

149 楠木しげお詩集 わたせせいぞう・絵 まみちゃんのネコ ★

150 牛尾良子詩集 上矢津・絵 おかあさんの気持ち ♡

151 三越左千夫詩集 阿見みどり・絵 せかいでいちばん大きなかがみ ★

152 水村三千夫詩集 高見八重子・絵 月と子ねずみ

153 川越文子詩集 横松桃子・絵 ぼくの一歩ふしぎだね ★

154 すずきゆかり詩集 葉祥明・絵 まっすぐ空へ

155 西田純詩集 葉祥明・絵 木の声水の声

156 清野倭文子詩集 水科舞・絵 ちいさな秘密《ひみつ》

157 川奈静詩集 直江みちる・絵 浜ひるがおはパラボラアンテナ ★◎

158 若木良水詩集 西真里子・絵 光と風の中で

159 牧陽子詩集 渡辺あきお・絵 ねこの詩 ★◎

160 宮田滋子詩集 阿見みどり・絵 愛一輪 ★◎

161 井上灯美子詩集 唐沢静・絵 ことばのくさり ☆♪

162 滝波万理子詩集 滝波裕子・絵 みんな王《おう》様《さま》 ★♪

163 冨岡みち詩集 関口コオ・絵 かぞえられへんせんぞさん ★

164 垣内磯子詩集 辻恵子・切り絵 緑色のライオン ★◎

165 すぎもとれいこ詩集 平井辰夫・絵 ちょっといいことあったとき ★

166 岡田喜代子詩集 おぐらひろかず・絵 千年の音 ★☆◎

167 川奈静詩集 直江みちる・絵 ひもの屋さんの空 ♥★♡◎☆

168 鶴岡千代子詩集 武田淑子・絵 白い花火 ★☆

169 井上灯美子詩集 唐沢静・絵 ちいさい空をノックノック ★◎☆

170 尾崎杏子詩集 ひなた山すじゅう郎・絵 海辺のほいくえん ◎☆♡★

171 柘植愛子詩集 やなせたかし・絵 たんぽぽ線路 ◎☆♪♡★

172 小林比呂古詩集 うめざわのりお・絵 横須賀スケッチ ♡☆▲★◎

173 林佐知子詩集 串田敦子・絵 きょうという日 ♡☆▲★◎

174 後藤基宗子詩集 岡澤由紀子・絵 風とあくしゅ ◎☆♡♥★

175 土屋律子詩集 高瀬のぶえ・絵 るすばんカレー ◎☆▲♡★

176 三輪アイ子詩集 深沢邦朗・絵 かたぐるましてよ ★☆♡

177 田辺瑞美子詩集 西真里子・絵 地球賛歌 ☆★◎

178 高瀬美代子詩集 小倉玲子・絵 オカリナを吹く少女 ☆

179 中野惠子詩集 串田敦子・絵 コロポックルでておいで ♪★♡☆

180 松井節子詩集 阿見みどり・絵 風が遊びにきている ▲★☆♡

…ジュニアポエムシリーズ…

181 新谷智恵子詩集 徳田徳志芸・絵 とびたいペンギン 佐世保文学賞 ♡★◎ ▲
182 牛尾良子詩集 牛尾征治・写真 庭のおしゃべり ♡★◎
183 三枝ますみ詩集 高見八重子・絵 サバンナの子守歌 ☆★
184 佐藤雅子詩集 佐藤太清・絵 菊池治子・絵 空の牧《まき》場《ば》 ☆★♡ ■◎◈
185 山内弘子詩集 おぐらひろかず・絵 思い出のポケット ♡★♪
186 山内弘子詩集 阿見みどり・絵 花の旅人 ♡★▲
187 原国子詩集 牧野鈴子・絵 小鳥のしらせ ♡★△ ◎
188 人見敬子詩・絵 方《はこ》舟《ぶね》地球号 —いのちは元気— ♡★◎
189 林佐知子詩集 串田敦子・絵 天にまっすぐ ★☆♡ ◎
190 小臣富子詩集 渡辺あきお・絵 わんさかわんさかどうぶつさん ✡♡★ ◎
191 川越文子詩集 かまだちえみ・写真 もうすぐだからね ♡★◎
192 永田喜久男詩集 武田淑子・絵 はんぶんごっこ ☆★◎ ♡
193 吉田房子詩集 大和田明代・絵 大地はすごい ★◎♡ ▲
194 石井春香詩集 高見八重子・絵 人魚の祈り ★♡
195 石原一輝詩集 小倉玲子・絵 雲のひるね ♡

196 たかはしけいこ詩集 髙橋敏彦・絵 そのあと ひとは ★
197 宮田滋子詩集 おおた慶文・絵 風がふく日のお星さま ★♡◎
198 渡辺恵美子詩集 つるみゆき・絵 空をひとりじめ ★♡♪
199 宮中雲子詩集 西真里子・絵 手と手のうた ★
200 杉本深由起詩集 太田大八・絵 漢字のかんじ ★♡❁
201 井上灯美子詩集 唐沢静・絵 心の窓が目だったら ★♡
202 峰松晶子詩集 おおた慶文・絵 きばなコスモスの道 ★♡
203 高橋文子詩集 山中桃子・絵 八丈太鼓 ★♡
204 長野貴子詩集 武田淑子・絵 星座の散歩 ★♡
205 江口正子詩集 髙見八重子・絵 水の勇気 ♡☆★
206 藤本美智子詩・絵 緑のふんすい ☆♡★
207 林佐知子詩集 串田敦子・絵 春はどどど ♡★◎
208 小関秀夫詩集 阿見みどり・絵 風のほとり ☆♡★ ▲
209 宗美津子詩集 宗信寛・絵 きたのもりのシマフクロウ ♡★
210 かわてせいぞう詩集 髙橋敏彦・絵 流れのある風景 ☆♡★

211 土屋律子詩集 高瀬のぶえ・絵 ただいまぁ ★♡☆ ◎▲
212 永田喜久男詩集 武田淑子・絵 かえっておいで ☆♡★
213 みたみちこ詩集 牧進・絵 いのちの色 ♡★
214 糸永えつこ詩集 糸永わかこ・絵 母です 息子です おかまいなく ♡☆★
215 宮田滋子詩集 武田淑子・絵 さくらが走る ♡☆★ ♪
216 柏木恵美子詩集 吉野晃希男・絵 ひとりぼっちの子クジラ ♡★◎
217 江口正子詩集 髙見八重子・絵 小さな勇気 ♡☆★
218 井上灯美子詩集 唐沢静・絵 いろのエンゼル ★♡
219 中島あやこ詩集 日向山寿十郎・絵 駅伝競走 ★☆♡
220 高橋孝治詩集 髙見八重子・絵 空の道 心の道 ★♡
221 江口正子詩集 日向山寿十郎・絵 勇気の子 ♡☆★
222 宮田滋子詩集 牧野鈴子・絵 白鳥よ ☆★
223 井上良子詩集 銅版画 太陽の指環 ★
224 川越文子詩集 山中桃子・絵 魔法のことば ♡☆★
225 西本みさこ詩集 上司かのん・絵 いつもいっしょ ☆♡

…ジュニアポエムシリーズ…

226 おばらいちこ詩集 髙見八重子・絵　ぞうのジャンボ ☆★♡
227 吉田房子詩集 本田あまね・絵　まわしてみたい石臼 ★♡
228 吉田房子詩集 阿見みどり・絵　花 詩 集 ★♡◎
229 田中たみ子詩集 唐沢静・絵　へこたれんよ ★◎
230 林佐知子詩集 串田敦子・絵　この空につながる ★♡
231 藤本美智子 詩・絵　心のふうせん ★♡
232 火星雅範詩集 西川律子・絵　ささぶねうかべたよ ★♡▲
233 吉田房子詩集 岸田歌子・絵　ゆりかごのうた ★♡
234 むらかみみちこ詩集 むらかみみちこ むらかみあくる・絵　風のゆうびんやさん ★♡
235 白谷玲花詩集 阿見みどり・絵　柳川白秋めぐりの詩 ★♡
236 ほさかとしこ詩集 内山つとむ・絵　神さまと小鳥 ★☆♡
237 内田麟太郎詩集 長野ヒデ子・絵　まぜごはん ☆★◎♡▲
238 小林比呂古詩集 出口雄大・絵　きりりと一直線 ♡★
239 牛尾良子詩集 おぐらひろかず・絵　うしの土鈴とうさぎの土鈴 ★◎♡
240 山本純子詩集 ルイコ・絵　ふ ふ ふ ★♡☆◎

241 神田亮 詩・絵　天使の翼 ★☆♡
242 かんざわみえ詩集 阿見みどり・絵　子供の心大人の心さ迷いながら ☆★◎▲
243 永田喜久男詩集 内山つとむ・絵　つながっていく ★☆♡
244 浜野木碧 詩・絵　海原散歩 ☆★◎♡
245 やまうち・しゅうへい詩集 山本省三・絵　風のおくりもの ☆★◎♡
246 すぎもとれいこ 詩・絵　てんきになあれ ★◎
247 冨岡みち詩集 加藤真夢・絵　地球は家族 ひとつだよ ♡☆◎★
248 北野千賀詩集 滝波裕子・絵　花束のように ♡☆★◎
249 石原一輝詩集 加藤真夢・絵　ぼくらのうた ♡★◎
250 土屋律子詩集 高瀬のぶえ・絵　まほうのくつ ♡☆★◎▲
251 津坂治男詩集 井上良子・絵　白い太陽 ☆♡★◎
252 石井英行詩集 よしだちなつ・表紙絵　野原くん ☆★♡◎▲
253 井上灯美子詩集 唐沢静・絵　たからもの ☆♡★
254 大竹典子詩集 加藤真夢・絵　おたんじょう ☆★
255 たかはしけいこ詩集 織茂恭子・絵　流れ星 ★♡

256 谷川俊太郎詩集 下田昌克・絵　そして ♡★◎
257 なんば・みちこ詩集 布下満・絵　トックントックン 大空で大地で ★◎
258 宮本美智子詩集 阿見みどり・絵　夢の中にそっと ★◎♡
259 成本和子詩集 阿見みどり・絵　天使の梯子 ★◎
260 海野文音詩集 牧野鈴子・絵　ナンドデモ ★♡
261 熊谷本郷詩集 永田萠・絵　かあさん かあさん ★♡
262 大楠翠詩集 吉野晃希男・絵　おにいちゃんの紙飛行機 ★♡♪
263 久保恵子詩集 たかせちなつ・絵　わたしの心は 風に舞う ★♡
264 みずかみさやか詩集 葉祥明・絵　五月の空のように ★♡
265 尾崎昭代詩集 中辻アヤ子・絵　たんぽぽの日 ★
266 はやしゆみ詩集 渡辺あきお・絵　わたしはきっと小鳥 ★
267 田沢節子詩集 永田萠・絵　わき水ぷっくん △★♡
268 柘植愛子詩集 そねはらまさえ・絵　赤いながぐつ ★♡
269 馬場与志子詩集 日向山寿十郎・絵　ジャンケンポンでかくれんぼ ♡★
270 内田麟太郎詩集 高畠純・絵　たぬきのたまご ★●♡

…ジュニアポエムシリーズ…

271 むらかみみちこ 詩・絵　家族のアルバム ★♡
272 井上 和子詩集／吉田 瑠美・絵　風のあかちゃん ★♡
273 佐藤 一志詩集／日向山寿十郎・絵　自然の不思議 ♡★
274 小沢 千恵 詩・絵　やわらかな地球 ♡★
275 あべこうぞう詩集／大谷さなえ・絵　生きているしるし ♡★
276 宮田 滋子詩集／田中 槙子・絵　チューリップのこもりうた ★♡
277 林 佐知子詩集／葉 祥明・絵　空の日 ★♡
278 いしがいようこ 詩・絵　ゆれる悲しみ ★♡
279 村瀬 保子詩集／武田 淑子・絵　すきとおる朝 ♡★
280 あわのゆりこ詩集／高畠 純・絵　まねっこ ★♡
281 川越 文子詩集／福田 岩緒・絵　赤い車 ★♡
282 白石はるみ詩集／かないゆみこ・絵　エリーゼのために ★♡
283 尾崎 杏子詩集／日向山寿十郎・絵　ぼくの北極星 ♡★
284 壱岐 梢詩集／葉 祥明・絵　ここに ★
285 野口 正路詩集／山手 正彦・絵　光って生きている ★◎

286 樋口てい子詩集／串田 敦子・絵　ハネをもったコトバ ★◎
287 火星 雅範詩集／西川 律子・絵　ささぶねにのったよ
288 大楠 翠詩集／吉野晃希男・絵　はてなとびっくり ★◎☸
289 大澤 清詩集／阿見みどり・絵　組曲 いかに生きるか ★
290 たかはしけいこ詩集／織茂 恭子・絵　いっしょ ★♡
291 内田麟太郎詩集／大野 八生・絵　なまこのぽんぽん ★◎
292 はやし ゆみ詩集／はなてる・絵　こころの小鳥 ♡★
293 いしがいようこ 詩・絵　あ・そ・ぼ！ ★♡
294 帆草とうか 詩・絵　空をしかくく切りとって ★♡
295 土屋 律子詩集／吉野晃希男・絵　コピーロボット ★◎♡
296 川上佐貴子詩集／はなてる・絵　アジアのかけ橋
297 西沢 杏子詩集／東 逸子・絵　さくら貝とプリズム
298 鈴木 初江詩集／小倉 玲子・絵　めぐりめぐる水のうた
299 白谷 玲花詩集／牧野 鈴子・絵　母さんのシャボン玉

＊刊行の順番はシリーズ番号と異なる場合があります。

ジュニアポエムシリーズは、子どもにもわかる言葉で真実の世界をうたう個人詩集のシリーズです。

本シリーズからは、毎回多くの作品が教科書等の掲載詩に選ばれており、1974年以来、全国の小・中学校の図書館や公共図書館等で、長く、広く、読み継がれています。

心を育むポエムの世界。

一人でも多くの子どもや大人に豊かなポエムの世界が届くよう、ジュニアポエムシリーズはこれからも小さな灯をともし続けて参ります。

銀の小箱シリーズ　A5変型

- 葉　祥明　詩・絵　小さな庭
- 若山　憲　詩・絵　白い煙突
- こばやしひろこ・詩　うめざわのりお・絵　みんななかよし
- 江口　正子・詩　油野　誠一・絵　みてみたい
- やなせたかし　詩・絵　あこがれよなかよくしよう
- 冨岡　みち・詩　関口　コオ・絵　ないしょやで
- 小林比呂古・詩　神谷　健雄・絵　花かたみ
- 小泉　周二・詩　辻　友紀子・絵　誕生日・おめでとう
- 柏原　耿子・詩　阿見みどり・絵　アハハ・ウフフ・オホホ★♡▲
- こばやしひろこ・詩　うめざわのりお・絵　ジャムパンみたいなお月さま★▲

小さな詩の絵本　新企画　オールカラー・A6判

- 内田麟太郎・詩　たかすかずみ・絵　いっしょに

すずのねえほん　B6判

- たかはしけいこ・詩　中釜浩一郎・絵　わたし★◎
- 尾上　尚子・詩　小倉　玲子・絵　ぽわぽわん
- 糸永えつこ・詩　高見八重子・絵　はるなつあきふゆもうひとつ★児文芸新人賞
- 山口　敦子・詩　高橋　宏幸・絵　ばあばとあそぼう
- あらい・まさはる・童謡　しのはらはれみ・絵　けさいちばんのおはようさん
- 佐藤　雅子・詩　佐藤　太清・絵　こもりうたのように　美しい日本の12ヵ月　日本童謡賞
- 柏木　隆雄・詩　やなせたかし他・絵　かんさつ日記★♪♡

銀の鈴文庫　文庫サイズ・A6判

- 小沢　千恵・詩　下田　昌克・絵　あのこ♡▲

アンソロジー　A5判

- 渡辺　浦人・編　村上　保・絵　赤い鳥　青い鳥
- わたげの会・編　渡辺あきお・絵　花ひらく♪
- 木曜会・編　西　真里子・絵　いまも星はでている★
- 木曜会・編　西　真里子・絵　いったりきたり♡
- 木曜会・編　西　真里子・絵　宇宙からのメッセージ
- 木曜会・編　西　真里子・絵　地球のキャッチボール★◎
- 木曜会・編　西　真里子・絵　おにぎりとんがった☆★◎
- 木曜会・編　西　真里子・絵　みぃーつけた♡★◎
- 木曜会・編　西　真里子・絵　ドキドキがとまらない
- 木曜会・編　西　真里子・絵　神さまのお通り★
- 木曜会・編　西　真里子・絵　公園の日だまりで★♡
- 木曜会・編　西　真里子・絵　ねこがのびをする♡★

掌の本 アンソロジー　A7判

- こころの詩 I
- しぜんの詩 I
- いのちの詩 I
- ありがとうの詩 I
- 詩集　希望
- 詩集　家族
- いのちの詩集―いきものと野菜
- ことばの詩集―方言と手紙
- 詩集―夢・おめでとう
- 詩集―ふるさと・旅立ち

掌の本　A7判

- 森埜こみち・詩　下田　昌克・絵　こんなときは！